★ Cette œuvre est une fiction. Toute ressemblance avec des organismes ou des personnages existants serait purement fortuite.

THE ICHINOSE FAMILY'S DEADLY SINS

Taizan 5
タイザン5

1 La renaissance de la famille Ichinose

THE ICHINOSE FAMILY'S DEADLY SINS

1

SOMMAIRE

...
GRAND FRÈRE...
QUELQU'UN...
... M'APPELLE...
GRAND FRÈRE...
TSUBASA !
...
HEIN ?
JE...

Chapitre 1
La renaissance de la famille Ichinose

THE ICHINOSE FAMILY'S DEADLY SINS

TSUBASA...
TU OUVRES ENFIN LES YEUX !
APPELEZ UNE INFIRMIÈRE !
SE RÉVEILLER À L'HÔPITAL...
... ENTOURÉ D'UNE FAMILLE MORTE D'INQUIÉTUDE...
POUR PEU...
... JE ME SERAIS CRU DANS UNE SÉRIE TÉLÉ.
COMME SI JE N'ÉTAIS PAS CONCERNÉ PAR LES ÉVÉNEMENTS.
TSUBASA...
C'EST NORMAL...
EUH...

EXCUSEZ-MOI MAIS...
... QUI ÊTES-VOUS ?
...
QU'EST-CE QUE...
ET AU FAIT...
TSUBASA ?

TU NE NOUS RECONNAIS PAS ?
... QUI C'EST, CE "TSUBASA" ?
ドクッ
BOBOM
ET TOI, TU SAIS QUI TU ES ?
TU CONNAIS TON NOM ?
MOI ? JE...
BOBOM
ドクッ
ドクッ
BOBOM
TIENS ?
JE...

JE SUIS QUI ?
SÉRIEUSEMENT ?!

HEIN ?
C'EST QUOI, CETTE RÉACTION ?
TSUBASA...
TU ES BIEN CERTAIN DE NE PAS NOUS RECONNAÎTRE ?
OUI...
BON... JE VOIS...
PAS ÉTONNANT...
HEIN ?
QU...
QU'EST-CE QUE...
TSUBASA...
TU SOUFFRES TRÈS PROBABLEMENT D'AMNÉSIE !
ON PARTAIT EN VOYAGE TOUS ENSEMBLE QUAND ON A EU UN ACCIDENT ET TU T'ES COGNÉ LA TÊTE.
NOUS, NOUS SOMMES TA FAMILLE...
APPAREM-MENT...
ENFIN, IL PARAÎT...
HEIN ?
COMMENT ÇA, "IL PARAÎT" ?
SI VOUS ÊTES MA FAMILLE, VOUS DEVRIEZ SAVOIR...
EH BIEN...

IL SE TROUVE QUE NOUS AUSSI...
... ON A TOUS PERDU LA MÉMOIRE !
HEIN ?
EUH...

*. HÔPITAL COMMÉMORATIF D'OKUDA.

... NOUS ALLONS FAIRE DE NOTRE MIEUX POUR REMÉDIER À CELA !
C'EST QUOI, CETTE SITUATION ?
AH, C'EST ÇA !
OUAH...
JOURNAL
ACCIDENT À FUKUI
ÉPART EN VACANCES DÉSASTREUX :
X PERSONNES D'UNE MÊME FAMILL
LÉGÈREMENT BLESSÉES
Un accident de voiture a
une route de montagne
véhicule retourné.
Les six passagers, mem
d'une même famille, tous
originaires de Tokyo.
Le conducteur et son épous
Kakeru et Minako Ichinose.

L'ARTICLE DIT QU'ON A ENFONCÉ LE RAIL DE SÉCURITÉ EN BORDURE DE LA ROUTE.
OOOH...
APPAREMMENT, C'EST MOI QUI CONDUISAIS... DÉSOLÉ !
ÇA NE SERT PAS À GRAND-CHOSE DE T'EXCUSER !
ENFIN, JE CROIS...
HMM...
C'EST BEL ET BIEN À MOI QUE ÇA ARRIVE !
JE NE ME SENS TOUJOURS PAS VRAIMENT CONCERNÉ...
BON...
ET SI ON FAISAIT LES PRÉSENTA-TIONS ?
AH !
OUI !
ALORS...
MOI...
... JE SUIS MINAKO ICHINOSE !
CE QUI DOIT...
... FAIRE DE MOI TA MÈRE !
ET, SOIT DIT EN PASSANT, ON EST EN PLEINE SEMAINE.
J'ESPÈRE QUE ÇA NE VA PAS POSER UN PROBLÈME LÀ OÙ JE SUIS CENSÉE TRAVAILLER...

MOI, JE SUIS...
... KAKERU ICHINOSE.
J'AI 44 ANS.
C'EST CE QUE DIT MON PERMIS DE CONDUIRE, EN TOUT CAS...
ET... EUH...
JE SUIS TON PÈRE.
MOI, PÈRE...
SÉRIEU-SEMENT...
JE SUIS SACHIE ICHINOSE !
JE SUIS SÛREMENT TA GRAND-MÈRE !
MES CHEVEUX SONT TRÈS COURTS, HEIN ?
RAVIE DE FAIRE TA CONNAIS-SANCE !
KÔZÔ...
... ICHINOSE.
...
66 ANS.
...

ÇA FAIT BEAUCOUP !
DÉSOLÉ, JE...
TU AS TOUT TON TEMPS POUR RETENIR NOS NOMS !
POUR NOUS AUSSI, C'EST DIFFICILE. ON A L'IMPRESSION DE NE SE CONNAÎTRE QUE DEPUIS DEUX OU TROIS JOURS.
IL RESTE...
SHIORI ICHINOSE...
J'AI 13 ANS...
... ET JE SUIS TA PETITE SOEUR.
ENCHANTÉE...
OUI, VOUS ÊTES FRÈRE ET SOEUR !
EUH...
ON NE SE SERAIT PAS DÉJÀ...
FWIT
フイッ
AH !
J'ALLAIS OUBLIER...

CARTE DE COLLÉGIEN
No.05611
Nom : Tsubasa Ichinose
Classe : 2e année, classe 1
Collège municipal Kagiyama
Tokyo, Kagiyama 5 - 8 - 10
TSUBASA...
... iCHiNOSE...
TU ES EN 2e ANNÉE AU COLLÈGE !
MA FRANGE EST LONGUE...
Valide jusqu'au 31 mars
AH !
J'Ai PRIS L'iNiTiATiVE DE CONTACTER TON COLLÈGE...
EXCUSE-MOi...
OH...
C'EST RiEN.
iL N'Y A PAS DE QUOi S'EXCUSER.

BON...
EH BIEN, J'ESPÈRE QU'ON FERA VITE CONNAISSANCE...
EST-CE QUE...
... TSUBASA !
EUH...
OUI...
... JE VAIS RÉUSSIR...
... À VIVRE...
... AVEC TOUS CES GENS ?
AH !

TIENS, PAPA !
LA SAUCE SOJA !
AH... PARFAIT !
MERCI !
AU FAIT...
JE N'AI TOUJOURS PAS...
... TROUVÉ LE CODE DE MON SMARTPHONE.
TU NE PEUX PAS LE RÉINITIALISER ?
AH ! MOI...
... J'AI ESSAYÉ DES COMBINAISONS EN PARTANT DE 1111 !
C'EST VRAI ?!
C'EST MALIN...
MAIS ÇA N'A RIEN DONNÉ...
HEIN ? ET TU ES ALLÉ JUSQU'OÙ ?
EUH...

HAHA
J'AI OUBLIÉ...
... JUSQU'OÙ J'AVAIS COMPTÉ !
JE TE TROUVE BIEN FAMILIER AVEC LES AUTRES, TSUBASA...
BEN QUOI !
TU RESPIRES L'INSOUCIANCE...
ON NE DIRAIT PAS QUE TU ES AMNÉSIQUE !
QUOI ?!
PFEUH !
C'EST PLUTÔT TOI QUI AS UN BALAI OÙ JE PENSE !
VOUS VOILÀ DÉJÀ EN TRAIN DE VOUS CHAMAILLER COMME UN FRÈRE ET SA SŒUR !
HEIN ?!
ALORS...
POUR QU'UN PATIENT RECOUVRE LA MÉMOIRE...

... EN GÉNÉRAL, ON DEMANDE À SA FAMILLE DE DISCUTER AVEC LUI...
... ET D'ÉVOQUER LE PLUS DE SOUVENIRS POSSIBLE.
MAIS DANS VOTRE CAS...
HUM...
VOYONS...
ET SI ON S'INVENTAIT DES SOUVENIRS ?

LES INVENTER ?
ON POURRAIT PARLER DE VOYAGES FICTIFS QU'ON AURAIT FAITS TOUS ENSEMBLE...
RACONTER TOUT ET N'IMPORTE QUOI !
ET COMME ÇA...
... PEUT-ÊTRE QU'ON VISERA JUSTE AU MOINS UNE FOIS !
C'EST QUOI, CETTE TÊTE ?!
TU AS VRAIMENT DES IDÉES RIDICULES, TOI...
CE N'EST PAS SI BÊTE, SHIORI !
VOYONS...
VOUS VOUS RAPPELEZ COMME ON S'EST AMUSÉS, LA FOIS OÙ ON EST ALLÉS À OKINAWA ?
QUELQUE CHOSE DU GENRE ?
TU NE VAS PAS T'Y METTRE, MAMAN...
OH !
OUI, C'EST ÇA !!

ON S'ÉTAIT TROP MARRÉS !
ON ÉTAIT ALLÉS À LA PLAGE...
... ET ON AVAIT VU DES REQUINS !
OUI !
HÉ !
TU TE SOUVIENS, PAPA ?
EUH... OUI...
LES MANGUES ÉTAIENT DÉLICIEUSES, LÀ-BAS !
ET COM-MENT !
ET... EUH... IL FAISAIT TRÈS CHAUD !
PAS VRAI, KÔZÔ ?
MOUAIS...
À TOI...
SHIORI...
HEIN ?
EUH...
ON A ACHETÉ...
... PLEIN DE SOUVENIRS...
C'EST PAS MAL !
EN FAIT...

... J'AI PRESQUE L'IMPRESSION...
... QU'ON EST VRAIMENT ALLÉS À OKINAWA TOUS ENSEMBLE !
海民*
C'EST VRAI !
C'EST SYMPA !

* VIVE LA MER.

ON CONTINUE !
QUI DIT OKINAWA...
... DIT, FORCÉMENT, VISITE DE NAHA !
ET PUIS...
ET DE L'AQUARIUM CHURAUMI !

... LES OURSINS !
EXCUSEZ-MOI...
JE SUIS...
... UN PEU FATIGUÉE. JE RETOURNE DANS MA CHAMBRE.
HEIN ?
T'ES SÉRIEUSE ?
ON COMMENÇAIT À PEINE...
BONNE NUIT.
OH... BONNE NUIT, SHIORI !
BONNE NUIT !
SHIORI...

... N'A PAS L'AIR TRÈS EN FORME, CES TEMPS-CI.
C'EST VRAI !
CUISINER POUR ÊTRE EN BONNE SANTÉ
ÇA N'A RIEN D'ÉTONNANT, VU LA SITUATION.
C'EST ELLE...
... QUI S'EST RÉVEILLÉE LA PREMIÈRE.
ELLE A DÛ ACCUMULER PAS MAL DE STRESS.
LE MÉDECIN A DIT...
... QU'ELLE AVAIT BESOIN DE REPOS.
IL VAUT MIEUX LA LAISSER TRANQUILLE...

TU TE SOUVIENS, QUAND ON EST ALLÉS À HOKKAIDÔ...
FICHE-MOI LA PAIX !
L'AMNÉSIE POUR LES NULS
...
LES PATIENTS QUI SOUFFRENT D'AMNÉSIE ONT BESOIN DE CALME !
IL FAUT SE DÉTENDRE ET ÉVITER DE STIMULER SON CERVEAU !
SE RELAXER
Laisser son cerveau se reposer.
Contrairement à ce que vous pourriez croire, recouvrer la mémoire est à votre portée !
TU TIENS TANT QUE ÇA À RETROUVER LA MÉMOIRE ?
!

LE DOCTEUR L'A DIT...
ÇA POURRAIT FAIRE RESSURGIR DES BRIBES DE NOTRE PASSÉ !
RAISON DE PLUS POUR ÉVOQUER DES SOUVENIRS FICTIFS, ALORS !
IL FINIRA PEUT-ÊTRE PAR Y AVOIR DU VRAI DANS TOUT CE QU'ON RACONTE !
ET LÀ, ON COMMENCERA À SE SOUVENIR !
JE VEUX PAS !
ALLEZ...
BON...
ON POURRAIT PARTIR À... ATAMI ?
IL Y AVAIT DES SOURCES CHAUDES, LÀ-BAS, NON ?
STOP...
BON...
LA FOIS OÙ ON EST ALLÉS À KYOTO, ALORS ?
ON A VISITÉ UN PAQUET DE TEMPLES...
ARRÊTE...
...
ET POURQUOI PAS...
... KYÛ-SHÛ ?
...
OU BIEN OSAKA ! ON ÉTAIT ALLÉS VOIR...
DIS...

MOI...
... JE NE SUIS PLUS QU'UNE BOULE D'ANGOIS-SES !
TOUS LES JOURS, C'EST PAREIL...
QUOI QU'ON SE DISE, AVEC LES AUTRES...
... QUOI QUE JE VOIE...
... OU QUOI QUE J'EN-TENDE...
... JE NE ME RAPPELLE RIEN !
C'EST...
... PAREIL POUR TOI, NON ?!
ÇA NE T'EFFRAIE PAS ?!
DIS...
COMMENT TU FAIS...
... POUR RESTER AUSSI CALME ?

ET SI ON NE RETROUVAIT JAMAIS NOS SOUVENIRS, HEIN ?!
QU'EST-CE...
... QU'ON FERAIT ?
ON DOIT BIENTÔT SORTIR DE L'HÔPITAL.
IMAGINE QU'ON RESTE AMNÉSIQUES TOUTE NOTRE VIE ?!
TOI...
TSU-BASA...
... ÇA NE TE FAIT PAS PEUR ?
COMMENT TU FAIS...
... POUR NE PAS Y PENSER ?
...
...
BAH...

CE SERAIT UNE SI MAUVAISE CHOSE...
... DE NE JAMAIS RETROUVER LA MÉMOIRE ?
HEIN ?
BON, J'AVOUE...
... QUE C'EST CHIANT, DE NE PAS CONNAÎTRE LE CODE DE SON TÉLÉPHONE !
MAIS À PART ÇA...
... ON EST TOUS ENSEMBLE !

MOI...
... PARLER...
... DE TOUS CES VOYAGES INVENTÉS, CHAQUE JOUR...
... JE TROUVE ÇA MARRANT !
MÊME SI...
... ÇA NE FAIT RESSURGIR AUCUN SOUVENIR...
OUI...
... JE ME SENS HEUREUX !
MOI AUSSI, JE TROUVE ÇA CHOUETTE MAIS...
ET PUIS...
... TU ES LÀ, TOI, SHIORI !
HEIN ?
TU...

TU ES RESTÉE DANS MA CHAMBRE...
... ET TU M'AS...
... APPELE "GRAND FRÈRE"...
... JUSQU'À MON RÉVEIL !!
AH...

TU M'ENTENDAIS ?!
EH OUI !
ET MÊME QUE...
... ÇA M'A VRAIMENT REMONTÉ LE MORAL...
... QUAND J'ÉTAIS TOUT SEUL !
ALORS...

... AU LIEU DE TE PRENDRE LA TÊTE DANS TON COIN...
... TU DEVRAIS DESCENDRE REJOINDRE LES AUTRES !
C'EST TOUT CE QUE J'AVAIS À DIRE !!!
TOUT LE MONDE...
... T'ATTEND !

VOUS VOUS SOUVENEZ...
...
... DE LA FOIS...
... OÙ ON EST ALLÉS À NEW YORK TOUS ENSEMBLE ?

IL Y A QUOI, DÉJÀ, À NEW YORK ?
L'AMÉRIQUE ?
?!
T'ES STUPIDE ?
IL Y AVAIT L'EMPIRE STATE BUILDING...
ET BROADWAY !
ON EST ALLÉS VOIR LE FANTÔME DE L'OPÉRA.
ET ON A MANGÉ DES STEAKS !
ON Y EST...
C'EST BIEN !

... PROBABLEMENT ALLÉS.
À NEW YORK...
... AUX CHUTES DU NIAGARA...
... À OKINAWA...
... À HOKKAIDÔ...
LA BONNE ENTENTE
RUE COMMERÇANTE
... ET À ATAMI AUSSI !
TANT QU'ON SERA ENSEMBLE, ON N'AURA PEUR DE RIEN !

OUI, TANT QU'ON RESTERA UNIS !
APRÈS TOUT, ON EST...
HOKKAIDÔ LES OURS
NEW YORK
VOYAGER À OKINAWA LES 3 PLUS BELLES BALADES
LES ROUTES NATIONALES

...LES MEILLEURS !
LES PLUS FORTS !
ON EST LES ICHINOSE !!
UN TEMPLE UNIQUE AU MONDE
NIKKO GUIDE
ATAMI ET HAKONE
LES SOURCES CHAUDES
NUMÉRO SPÉCIAL
NUMÉRO 1
GASTRONOMIE
NAGASAKI GUIDE DES PROMENADES
THÉ

ET ON FORME...
C'EST BON DE RENTRER CHEZ SOI !
UN CŒUR PUR
Patchs pour les yeux

... UNE FAMILLE...
* PETITS PAINS PREMIUM / PAIN-MELON / TARTE AUX POMMES / PAIN AU LAIT - FRANCE / EAU / PAIN À LA CREVETTE / THÉ HÔJICHA / DÉSINFECTANT...

HEIN ?
EUH...
C'EST PAS UN PEU CRADE, ICI ?
EN EFFET...
BAH...
C'EST NORMAL, ON EST RESTÉS ABSENTS UN MOMENT...
IL VA FALLOIR COMMENCER PAR REMETTRE DE L'ORDRE !

WAOUH !
IL EST LONG, CE COULOIR !
ÇA EN FAIT, DES CHAMBRES !
ON A CHACUN LA NÔTRE...
ELLES ONT TOUTES L'AIR D'ÊTRE VERROUILLÉES...
AH !
CES PETITES CLÉS SERVENT PEUT-ÊTRE À LES OUVRIR ?
ELLES ÉTAIENT DANS NOS AFFAIRES...
AH !
VOILÀ MA CHAMBRE...
ALLEZ...
J'ENTRE !

EN TOUT CAS...
CLIC
ガチャ
... JE SUIS CONTENTE D'AVOIR MA PROPRE CHAMBRE...
... ET QU'ELLE FERME À CLÉ !
C'EST BIEN, QUE VOUS AYEZ CHACUN LA VÔTRE, LES ENFANTS !
CLIC
ガチャ
JE ME DEMANDE...
... SI LA MIENNE RESSEMBLE À UN BUREAU !
JE N'EN REVIENS PAS, QUE NOUS AYONS AUSSI CHACUN NOTRE CHAMBRE...
CLIC
ガチャ
JE M'ATTENDAIS...

... À CE QU'IL N'Y EN AIT QU'UNE SEULE PAR COUPLE...
ガチャ CLIC
LES TEMPS ONT CHANGÉ !
ON DIRAIT, OUI...
JE SUIS NERVEUX...
C'EST QUAND MÊME RARE, QUE TOUTES LES CHAMBRES...
CLIC ガチャ
... FERMENT À CLÉ !
OUAIS, BOF... ÇA ARRIVE !
ALLEZ !
CLIC ガチャ
ME REVOILÀ, MA PETITE CHAMBRE À M...

* CRÈVE.

死
Tout comprendre
Mes pensées
Accompagnement psychologique

HEIN ?
À CET INSTANT...
... NOUS AVONS TOUS PRIS CONSCIENCE D'UNE CHOSE.
PEUT-ÊTRE...

... QUE NOUS N'ÉTIONS PAS...
... TELS QUE NOUS NOUS L'ÉTIONS IMAGINÉ...

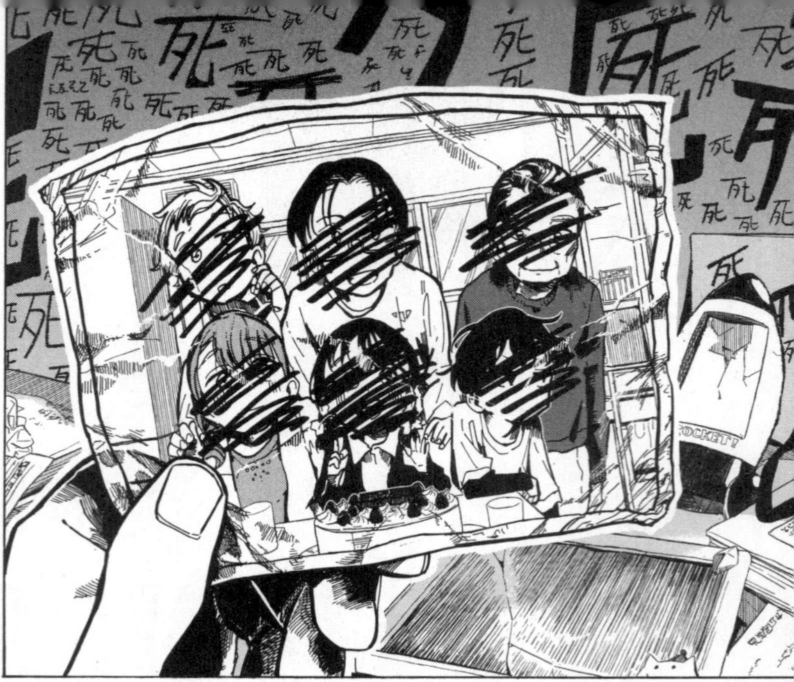

* CREVEZ TOUS !!.

... UN TERRIBLE SECRET.
... QU'ON AIT UN JOUR MIS LES PIEDS À OKINAWA...
A...
ALORS ?

UN CŒUR PUR
ELLES ÉTAIENT COMMENT...
... VOS CHAMBRES ?
BON !
IL EST TEMPS DE PASSER À TABLE !
MA CHAMBRE ?
ELLE N'AVAIT RIEN DE SPÉCIAL !
RIEEEN DU TOUT !
TIENS !
FWIT
HEIN ?
MANGE, TSUBASA !
HEIN ?
EUH...

TOUT SEMBLAIT ÊTRE DEVENU ÉVIDENT.
DU POULET EN FAMILLE !! DU POULET EN FAMILLE !!
NOS PERSONNALITÉS...
... NOS SOURIRES...
... NOS PETITES DISPUTES EN FAMILLE...
... ET MÊME LA JOIE DE SE RÉCONCILIER !
MAIS...
EUH...
BEN...
DU POULET EN FAMILLE !!
BON APPÉTIT...
... LA VÉRITÉ...
... C'EST QU'ON NE SAVAIT RIEN DU TOUT !

EURGH...
EVA
FAMILY'S DEADLY SINS

THE ICHINOSE

J'arrive pas à dormir…

Chapitre 2
Le retour de Tsubasa à l'école

... ICHINOSE A PERDU LA MÉMOIRE À LA SUITE D'UN ACCIDENT DE VOITURE.
MAIS JE SUIS SÛRE QU'À VOTRE CONTACT...
... IL RETROUVERA PEU À PEU SES SOUVENIRS !
TSUBASA ICHINOSE

ALORS...
... TÂCHEZ DE BIEN VOUS ENTENDRE AVEC LUI !
BON...
POUR LES CORVÉES DU JOUR...
Veillez à ne rien oublier !
DEUX HEURES PLUS TÔT...
HEiiiN ?

SHIORI EST DÉJÀ RETOURNÉE À L'ÉCOLE ?!
APPAREMMENT, OUI !
Eh oui !
Tout ça ?!
Récolte de melons de luxe

* PAIN-MELON.

C'EST PAS JUSTE !
ON EST DANS LE MÊME COLLÈGE !
HA HA...
AH ! AU FAIT...
PAPA...
BON !
IL FAUT QUE JE PARTE TRA-VAILLER, MOI !
CLAC
MA-MAN...
MOI AUSSI, JE FILE AU BOULOT !
CLAC
PA...
MOI AUSSI !
MOI, JE VAIS ME BALA-DER !

DEPUIS QU'ON EST RENTRÉS À LA MAISON, HIER...
CLAC
BONNE JOURNÉE...
... TOUT LE MONDE EST DEVENU PLUS DISTANT.
C'EST DOMMAGE...
ON AVAIT FINI PAR TOUS BIEN S'ENTENDRE !
J'AVAIS PLEIN DE QUESTIONS...
... À LEUR POSER...
PAF
MOI AUSSI, J'Y VAIS !
EN ROUTE POUR L'ÉCOLE !
CARTE DE COLLÉGIEN
Tsubasa Ichinose

J'AVAIS TELLEMENT HÂTE !
JE ME DEMANDE COMMENT EST MON COLLÈGE !
VOILÀ MA CLASSE...
CLASSE 1, EN 2e ANNÉE...
AH !
COMMENT SONT MES CAMARADES ?
EST-CE QUE JE FAIS PARTIE D'UN CLUB ?
IL VA FALLOIR QUE JE ME RENSEIGNE...
... AUPRÈS DE...
... MES AMIS !!

死

* ESPOIR.
HÉ !
TSUBASA !

SALUT, VIEUX !
BEN ALORS ?
ME DIS PAS QUE...
... TU M'AS OUBLIÉ, MOI AUSSI ?!
PARDON...
HAHA HA !
JE...
SÉRIEUX ?
ガ
CLANG

BON, BEN, RETIENS BIEN ÇA !
MOI, C'EST NAKAJIMA !
ET...
... JE SUIS TON MEILLEUR AMI !
D'ACCORD !

HEIN ?
T'ARRIVES PAS À DÉVER-ROUILLER TON TÉLÉPHONE ? ÇA CRAINT, ÇA !
DIS...
TU NE CONNAÎTRAIS PAS MON MOT DE PASSE, PAR HASARD ?
TU AS ESSAYÉ "1111" ?
JE NE SUIS PAS AUSSI DÉBILE !
MAIS J'AI ESSAYÉ, OUI...
BEN ALORS, TSUBASA...
T'AS AUSSI OUBLIÉ COMMENT COURIR ?
MERDE...
JE MANQUE D'EXERCICE...
C'EST À CAUSE DE L'HOSPITA-LISATION...
JE VAIS CHERCHER LE PROF !
O.K.
VAS-Y !
LAIT
Déchets alimentaires
NAKA-JIMA...
LAIT
Déchets alimentaires
C'EST LEQUEL, DÉJÀ, QUI GÈRE LES CORVÉES ?
T'ES SÉRIEUX ?

AAAH...

TU M'AS TROP FAIT MARRER...
TU T'ES PLANTÉ CINQ FOIS DANS LE NOM DE NOTRE PROF TITULAIRE !
... TSU-BASA !
J'Y PEUX RIEN, MOI !
Ha ha ha !
NAKAJIMA...
EST-CE QUE J'ÉTAIS...
... COMME ÇA, AVANT ?!
J'AI VRAIMENT TOUT OUBLIÉ...
... À PROPOS DE MOI...
... ALORS...

T'INQUIÈTE ! T'AS PAS CHANGÉ DU TOUT, TSUBASA !
NAKAJIMA...
T'ES TOUJOURS AUSSI LENT !
AH !
JE T'AI DIT QUE C'ÉTAIT À CAUSE DE MON HOSPITALI-SATION !
ET...
... TU OUBLIES TOUJOURS TOUT AUSSI RAPIDEMENT.

HEIN ?
AU FAIT...
APRÈS LES COURS...
... TU AURAS DROIT À UNE PETITE FÊTE DE BIENVENUE, DANS LA CLASSE !
T'AS INTÉRÊT À RAMENER TES FESSES !
COMPRIS, MON MEILLEUR AMI ?!

D'ACCORD !
TU SAIS, NAKAJIMA...
... EN RÉALITÉ...
... JE SUIS AU BORD DE LA CRISE D'ANGOISSE...
... DEPUIS QUE J'AI VU LES MURS DE MA CHAMBRE, HIER.
JE NE SAIS PLUS QUI JE SUIS...
... ET JE N'AI PERSONNE À QUI DEMANDER DE L'AIDE.
ALORS...

... JE SUIS VRAIMENT CONTENT...
... QUE TU SOIS LÀ !
CLAC
ガラ
TIENS ?
ET MÊME SI C'EST UN PEU EMBARRAS-SANT...
... JE COMPTE BIEN...
OHEÉE !
TSUBASA !
... TE LE DIRE EN FACE...
... LA PROCHAINE FOIS...
NAKAJI...

... MA !

Déchets

Déchets alimentaires

ÇA ME FAIT TROP RIRE, QUE TU TE SOUVIENNES DE RIEN !
REGARDE...

REN...
RENDEZ-LE-MOI...
SI TU LE VEUX, VA FALLOIR...
... NOUS SUPPLIER À GENOUX ET À POIL !
JE SUIS DÉSOLÉ...
HAHA HA !
IL L'A VRAIMENT FAIT !
ALLEZ, TSUBASA !
FAUT PAS GÂCHER TOUTE CETTE BONNE NOURRITURE... MANGE !
ALLÔ, TSUBASA ?
SUR CE...
... JE TE SOUHAITE...

... UN BON RETOUR PARMI NOUS...
... MON PETIT TSUBASA !
LE RÊVE...!

... EST TERMINÉ.
POURQUOI ?
ON EST MEILLEURS AMIS...
HA HA !
C'EST VRAI !
ON L'EST...
D'AILLEURS, EN TANT QUE MEILLEUR POTE, J'AI UN SERVICE À TE DEMANDER !
TU VEUX BIEN NETTOYER TOUT ÇA ?
HA HA HA HA
ALLEZ, À DEMAIN !
VOILÀ...

... QUI ÉTAIT TSUBASA ICHINOSE.

C'est bon, ce truc ?
Pain noir
Pain de mie
Pain au lait France
Big pain-melon
Choco Sticks
Amandes

AH !
SALUT, TSUBASA !
Chapitre 3
AH...
NAKAJIMA !
SAL...

* LE LAIT DES CHAMPIONS. ** LE BON GOÛT DU LAIT CRU.

Chapitre 3
Le quotidien de Tsubasa

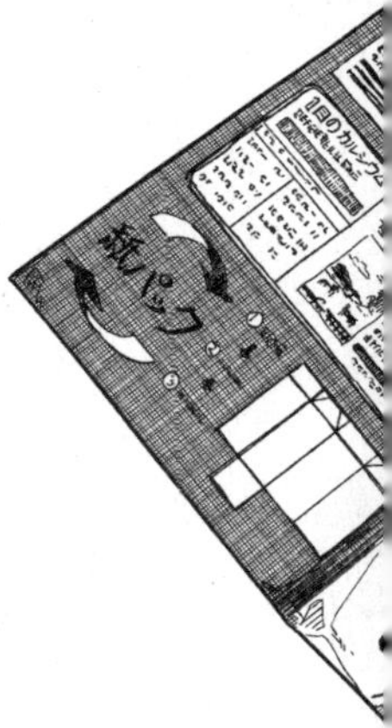

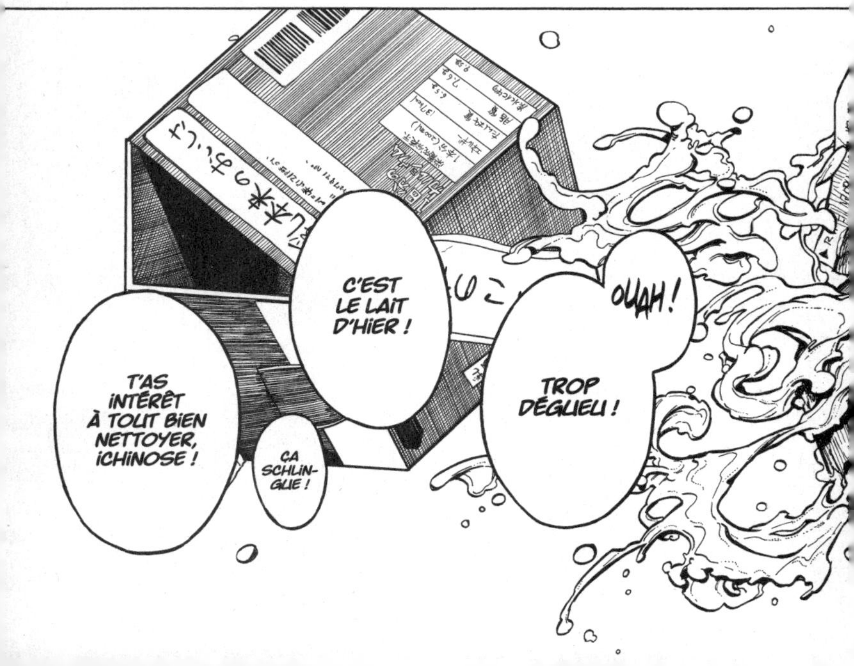

希望
希望
希望
希望
希望

TSUBASA ICHINEUNEU
OUAAAH!

C'EST QUOI, CE T-SHIRT DE GYM ?
VOUS TROUVEZ PAS QU'IL EN FAIT UN PEU TROP ?
CHELOU...
J'ai oublié mon propre nom !
TSUBASA
CHINEUNEU
AH !
C'EST TROP LA LOSE, DE JOUER LES AMNÉSIQUES À CE POINT-LÀ !
MATHÉMATIQUES 2
BONNE (C)ANNÉE !
FAIS-NOUS PLAISIR ET MEURS !
CRÈVE, GROS CRADO !
ARRÊTE DE VENIR ! VA CREVER !
CRÈVE !!
FICHE LE CAMP
TE FORCE SURTOUT PAS À VENIR
ON T'A LAISSÉ DES PETITS MOTS DOUX SUR TON CAHIER DE MATHS !

ALORS, MONSIEUR VEUT RENTRER CHEZ LUI SANS PERMISSION ?
OUAH !
2-1 Tsubasa Ichinose
JOLI TIR, NAKAJIMA !
LE CLUB DE FOOT EST FIER DE TOI !
BIEN JOUÉ !
AH !
2-1 Tsubasa Ichinose
DÉSOLÉ MAIS T'ES DE CORVÉE MÉNAGE, AUJOURD'HUI !
ALLEZ, AU BOULOT !
Fonctions linéaires
Nom : Lambda Untel

ET SI T'ALLAIS RAMASSER TES AFFAIRES, MAINTENANT...
... TSUBASA ?
POURQUOI ?
POURQUOI VOUS FAITES ÇA ?

NAKA-JIMA...
SI JE T'AI FAIT QUELQUE CHOSE DE MAL...
... ET QUE J'AI TOUT OUBLIÉ...
... JE PEUX TE PRÉSENTER DES EXCUSES.
ALORS S'IL TE PLAÎT...
パチ
FLASH
HEIN ?
JE VEUX BIEN...
... M'EXCUSER S'IL LE FAUT !
パチッ
FLASH
TIENS ?
NON MERCI...

DE TA PART, TSUBASA, ÇA ME FILERAIT...
... LA GERBE !

AAAH...

C'ÉTAIT ÇA, QUE JE RESSENTAIS AU QUOTIDIEN...
... AVANT ?
EH !
J'AI ENVIE DE SHOOTER ENCORE UNE FOIS DANS TES AFFAIRES !
TU PEUX ALLER LES RAMASSER ?
MAGNE-TOI...

T'AS QU'À ALLER LES RAMASSER TOI-MÊME !
HEIN ?
AR... ARRÊTE DE TE FOUTRE DE MOI !
JE COMPRENDS MÊME PAS POURQUOI JE SUIS PERSÉCUTÉ...

... PAR...
... UN NABOT...
... AVEC UN SWEAT À CAPUCHE DE TOCARD...
JE N'AI SÛREMENT...
... JAMAIS EU LE CRAN DE LUI DIRE...
... MA FAÇON DE PENSER.
... ET DES GROS SOURCILS !
HEIN ?
QU'EST-CE QUE...
TOI...
... T'ES MÊME PAS FOUTU DE FAIRE QUOI QUE CE SOIT TOUT SEUL...
... ET APRÈS...
... TU VIENS T'EN PRENDRE AUX AUTRES !!
TU SAIS QUOI ?

CELUi QUi EST LE PLUS À GERBER, DE NOUS DEUX...
... C'EST TOi !

T'ES QU'UNE SALOPERIE DE RACLURE !!!
ALORS...

... TSUBASA ?
RAAAAH...

TU L'AS FAIT.
C'EST TERMINÉ.
C'ÉTAIT FLIPPANT...
OH OUI. TELLEMENT FLIPPANT !
MAIS...
... TU TE SENS MIEUX...
... PAS VRAI ?
MÊME SI À CAUSE DE ÇA...

... IL FAUT S'ATTENDRE À CE QU'À PARTIR DE DEMAIN, LES CHOSES SOIENT...
AH !
ICHINOSE...
SALUT !

T'AS ÉTÉ DÉMENT...
... HIER !
C'ÉTAIT TROP MARRANT !
UN GARS DU CLUB DE FOOT A MIS LA VIDÉO EN LIGNE, HIER !
HAHA !
LES AÎNÉS ONT ADORÉ TON...
... "T'ES QU'UNE SALOPERIE DE RACLURE !!!"
ÇA A FAIT LE TOUR DU CLUB !
J'AI BIEN AIMÉ AUSSI LE "SWEAT À CAPUCHE DE TOCARD" !
ÇA NOUS A FAIT PRENDRE CONSCIENCE QU'IL COMMENÇAIT À SE PRENDRE UN PEU TROP POUR UN BOSS !
AVEC TOUTE LA CLASSE, D'AILLEURS !
ALORS...
TSUBASA !

JE SUIS DÉSOLÉ...
JE SUIS...
... ALLÉ RAMASSER TON SAC...
... S'IL TE PLAÎT...
HAHA HA !
LE CLUB NE LUI A PAS LAISSÉ LE CHOIX, À L'ENTRAÎNEMENT DE CE MATIN !
QU'EST-CE QUE TU VEUX FAIRE DE LUI, ICHINOSE ?
NAKAJIMA...
... A ÉTÉ HORRIBLE.
IL M'A PERSÉCUTÉ TOUT CE TEMPS...
SON COMPORTEMENT EST INEXCUSABLE.
C'EST UN MONSTRE.

POURTANT...
NAKAJIMA...
JE...
BOBOM
NON...

Y A PAS MOYEN QUE JE TE PARDONNE !
METS-TOI À GENOUX...
... ET...
... LÈCHE LE SOL !

HEIN ?
QUOI ?
JE N'AURAIS...
... JAMAIS PARLÉ À QUI QUE CE SOIT...
... AVEC UNE TELLE VIOLENCE.

UNE CLASSE JUSTE ET AGRÉABLE
WORLD M
AUJOURD'HUI NON PLUS, TU N'AS PAS BU TON LAIT ?
よいこの牛乳
SAMURAI RED
Yûki Nakajima
NON...
JE N'EN REVIENS PAS, QUE TES INSTITUTEURS VEUILLENT TE FORCER À LE BOIRE, MÊME APRÈS L'ÉCOLE...
MOI...
... JE TROUVE QU'IL POURRAIT QUAND MÊME FAIRE UN EFFORT !
REGARDE COMME IL EST CHÉTIF !
OUI MAIS...
J'AIMERAIS QU'IL AIT UN PEU PLUS LA PÊCHE...
... QU'IL SE COMPORTE COMME UN HOMME !
TU NE BOIS PAS TON LAIT ?
LE LAIT DES CHAMPIONS...

JE PEUX L'AVOIR ?
HEIN ?
AH...
SRRRP
TSU-BASA...
ALLEZ, ON Y VA !
AH !
SAMURAI RED
T'AIMES LE FOOT ?
NON...
EUH...
C'EST SURTOUT MON PÈRE QUI AIME BIEN...
NAKAJIMA !
VITE ! GROUILLE-TOI !
HEIN ?
AH !

TROP GÉNIALE...
... CETTE PASSE !
TU AS BEAUCOUP DE POTENTIEL...
... YÛKI !

JOLI TIR, ICHINOSE !!
TON ANCIEN CLUB DE FOOT DEVAIT ÊTRE FIER DE TOI !
FALLAIT L'ARRÊTER, NAKAJIMA !

C'EST POUR ÇA QUE T'ES TOUJOURS SUR LE BANC DE TOUCHE !
RECOMMENCE, ICHINOSE !
JE M'APPELLE YÛKI NAKAJIMA.

À PARTIR D'AUJOUR-D'HUI...
... JE REJOINS L'ÉQUIPE DE FOOT DE L'ÉCOLE PRIMAIRE MINAMI.
ET... EUH...
YÛKI...
* MINAMI.
... EST MON PARTENAIRE !
TSU...
TSU-BASA...
À NOUS DEUX, ON VA BATTRE LE RECORD DE BUTS MARQUÉS !
HÉ HO !
DEMI-PORTION

YÛKI !
FAIS-MOI UNE PASSE !
PAR ICI !
LE CHAMPION DU MATCH...

... EST TSUBASA ICHINOSE !
ET...
KAGIYAMA TV
CHAÎNE CÂBLÉE DE KAGIYAMA
... YÛKI NAKAJIMA !
... ÉTAIT INCROYABLE, YÛKI !
LA PASSE QUE TU M'AS FAITE...
C'EST COMME SI TU LISAIS DANS MES PENSÉES !
TSU...
TSU-BASA...
ÉCOLE PRIMAIRE MINA

JAPONAIS
SALOPERIE DE RACLURE !
SWEAT À CAPUCHE DE TOCARD !
QUITTE LE CLUB !
DEMI-PORTION !
CRÈVE
CRÈVE ! CRÈVE ! CRÈVE
DÉGUEU ! DÉGUEU ! DÉGUEU ! DÉGUEU ! DÉGUEU !
REBUT DU CLUB DE FOOT
CASSE-TOI !
GROS SOURCIL
TOUT LE MONDE TE DÉTESTE !
JE TE JURE !
AU COLLÈGE, FAUDRA QU'ON ESSAIE DE FAIRE PARTIE DE L'ÉQUIPE RÉGULIÈRE !
TOI ET MOI...
... ON FORME UN DUO D'ENFER !
ÇA NOUS PRENDRA MOINS D'UN AN, LES DOIGTS DANS LE NEZ !
TU VEUX QU'ON RESTE ENSEMBLE AU COLLÈGE ?
BEN, ÉVIDEMMENT !!

DIS...
JE TE LE PROMETS !

POURQUOI TU LAISSES TOMBER ?!
TSUBASA ?
Mathématiques
2 - 1 Yûki Nakajima
Nakajima
Chimie
Club de foot du collège Nakajima

HMM... JE CROIS QUE C'EST À CAUSE DE PROBLÈMES FAMILIAUX...
T'EN FAIS PAS...
TU PEUX CONTINUER SANS LUI...
TU TE DÉBROUILLES BIEN !
ALLEZ...
I Love
COURAGE !
¥1.000(+TAX)
EN FAIT, NAKAJIMA...
... IL S'EN SORTAIT UNIQUEMENT PARCE QUE TSUBASA LE POUSSAIT !
J'ALLAIS LE DIRE !
SANS LUI, IL VAUT PAS UN CLOU !

I Love
LE FOOT...
MAIS...
... JE N'AIMAIS PAS SPÉCIALEMENT ÇA.
* KAGIYAMA.
TSUBASA !

JE SUIS PASSÉ DANS L'ÉQUIPE RÉGULIÈRE !
鍵山中
9
J'AI PAS MAL GALÉRÉ…
… MAIS JE N'AI PAS BAISSÉ LES BRAS !
ON SE L'ÉTAIT PROMIS, APRÈS TOUT !
CE SERAIT…
… CHOUETTE…
… QUE TOI AUSSI, TU…

TU ME DÉGOÛTES !
ÇA REMONTE À TROP LOIN...
... JE NE M'EN SOUVIENS PAS.
CE CÔTÉ DE TA PERSONNALITÉ...
... M'A TOUJOURS DÉBECTÉ !
健山中

TSUBASA !

NAKAJIMA A DIT...
PAR-DON...
... QU'IL ALLAIT LAVER SON UNIFORME AVEC LES VIEUX RESTES DE BOUFFE !
J'EN PEUX PLUS !
QU'EST-CE QU'IL MARMONNE, DEPUIS TOUT À L'HEURE ?
CHELOU, CE MEC...
Déchets alimentaires
TSUBASA...
JE N'AI PENSÉ QU'À MOI...

JE SUIS DÉSOLÉ D'AVOIR CONTINUÉ MA ROUTE TOUT SEUL.
DÉSOLÉ DE T'AVOIR FAIT SUBIR TOUT ÇA.
JE N'AI JAMAIS ESSAYÉ DE TE COMPRENDRE...
CE MAILLOT...
... NE SIGNIFIE RIEN !
ALORS...
... AUTANT LE...

CE N'EST PAS VRAI !!

SRRRP
ズゴー

Et ton lait, Nakajima ?
Hein ?
Rien, oublie...

CE N'EST PAS VRAI !!
COMMENT...
Chapitre 5
La vengeance de Tsubasa
... PEUT-IL DIRE...
... QUE ÇA NE SIGNIFIE RIEN ?
TIENS ?

QU'EST-CE QUI N'EST PAS VRAI, AU JUSTE ?
ICHINOSE !
QU'EST-CE QUE TU FOUS ?
GROUILLE-TOI UN PEU !
OU...
OUAIS...
CETTE SALOPERIE DE RACLURE MÉRITE UNE BONNE PUNITION !
C'EST VRAI.
NAKAJIMA EST UNE ORDURE.
IL NE S'EST PAS GÊNÉ POUR ME HARCELER...
FLASH

FLASH
パチッ
パチ
FLASH
C'EST LA PIRE...
TSUBASA...
FLASH
パチ
ICHINOSE FAIT TOUJOURS LA GUEULE, CES TEMPS-CI...
J'AI REMARQUÉ !
IL PLOMBE TROP L'AMBIANCE !
ON VA LE LAISSER DANS SON COIN !
... DES ENFLURES...
パチッ
FLASH
TSUBASA...

MAIS...

... JE SUIS SÛR QUE...
... POUR TOI...
... IL REPRÉSENTE BIEN PLUS QUE ÇA.
C'ÉTAIT TON AMI, NON ?

JE...

JE LAISSE TOMBER.
HEIN ?
JE NE ME SOUVIENS...
... DE RIEN DU TOUT.
QUE ÇA CONCERNE NAKAJIMA OU QUE ÇA ME CONCERNE, MOI.
MAIS...
... CE DONT JE SUIS SÛR, C'EST QUE CE QUE JE FAIS N'EST PAS BIEN !
ALORS...

... JE PRÉFÈRE...
MOUAIS... C'EST BON, ON S'EN COGNE !
ON CONNAÎT PAS VOTRE HISTOIRE...
... ET TON AMNÉSIE NE NOUS INTÉRESSE PAS LE MOINS DU MONDE !
ON VOUS SUIVAIT DANS VOS DÉLIRES PARCE QUE C'ÉTAIT MARRANT...
... MAIS T'AS TOUT GÂCHÉ !
ON S'EN FOUT, DE VOUS !
VOUS ÊTES TOUS LES DEUX...
... AUSSI GERBANTS L'UN QUE L'AUTRE !
ALLEZ, ON S'ARRACHE !!
PENDANT...
... TOUTE CETTE SEMAINE...

... VOUS VOUS ÊTES BIEN FOUTUS DE MA GUEULE. ÇA, JE M'EN SOUVIENS !

SANTÉ
VOLONTÉ
AMITIÉ
Déchets alimentaires
NAKAJIMA...
ÉCOUTE...

JE NE SAIS PAS POURQUOI JE N'AI PAS RÉUSSI À JETER MA PHOTO DE NOUS...
... MALGRÉ TOUT CE QUE TU M'AS FAIT SUBIR...
... ET JE NE COMPRENDS TOUJOURS PAS VRAIMENT POURQUOI TU ES LE SEUL...
... À M'APPELER PAR MON PRÉNOM.
DONC...
... JE DÉCIDERAI SI TON MAILLOT A BESOIN D'UN LAVAGE AUX ORDURES...
... SEULEMENT APRÈS AVOIR RETROUVÉ LA MÉMOIRE !
EN ATTEN-DANT...
... PRENDS-EN BIEN SOIN !
YŪKI !
TU PEUX M'APPELER TSUBASA !
ON EST MEILLEURS AMIS, NON ?
D'ACCORD...
... TSUBA...

... SA !
Déchets

VOILÀ !

MAINTENANT...
Déchets alimentaires
... ON EST QUITTES !

TSUBASA !
iL SERA TOUJOURS TEMPS...
... DE SE DiSPUTER OU DE SE RÉCONCiLiER...
... QUAND J'AURAi RETROUVÉ LA MÉMOiRE !
RiEN NE PRESSE !

iCHiNOSE...
ON M'A RAPPORTÉ QU'HiER...
... TU AVAiS RETOURNÉ LA POUBELLE DE DÉCHETS ALiMENTAiRES DANS LA CLASSE !

HEIN ?
JE SUIS TERRIBLEMENT CHOQUÉE !
iCHINOSE...
JE COMPRENDS QUE TU SOIS ENCORE TRÈS AFFECTÉ PAR TON RÉCENT ACCIDENT...
... MAIS CE N'EST PAS UNE RAISON POUR T'EN PRENDRE À TES CAMARADES.
NON...
CE SONT EUX QUI...
iCHINOSE...
EN FONCTION DES CIRCONSTANCES, iL EST POSSIBLE QUE JE DOIVE APPELER TES PARENTS POUR LES iNFORMER DE LA SITUATION.
JE VOUDRAIS QUE TU NOUS EXPLIQUES À TOUS CE QUI S'EST PASSÉ.
TU DEVRAIS EN ÊTRE CAPABLE, NON ?
J'ATTENDS...

JE...
MOI AUSSI, J'AI JETÉ DES ORDURES, MADAME !
VLAM
C'EST MOI QUI L'AI POUSSÉ À LE FAIRE...
C'ÉTAIT UN JEU !
UN JEU ?
QUEL GENRE DE JEU ?
LE... EUH...

LE POUBELLO-FOOT !
Lettre d'excuses
Il ne faut pas jouer avec la nourriture
2e année, classe 1
T'AURAIS PU TROUVER UNE MEILLEURE EXCUSE !
C'EST BON !
LE POUBELLO-FOOT, SÉRIEUX...
C'EST RIDICULE...
LA FERME !

Ah !
Naka-jima !
"Nakajima"...
Hein ?
Nakajima ?
"Nakajima"...

* PAIN À LA LIGIE OCÉANIQUE.

SALUT...
C'EST QUOI, CET AIR DÉGOÛTÉ ?
OH...
PRETTY
BONJOUR, TSUBASA !
BONJOUR.
BON-JOUR !
AH !
C'EST LE DERNIER PETIT PAIN !
OUI...
IL FAUDRA EN RACHETER !
BON...
J'Y VAIS !
BONNE JOUR-NÉE !
giant
FOURRÉ À L'ANKO

* EAU MINÉRALE / LA CLÉ POUR RÉDUIRE SES IMPÔTS / NEZ BOUCHÉ / ALCOOL / LE QUOTIDIEN.

TIENS...
... ON COMMENCE À S'HABITUER À CETTE VIE.
J'AI L'IMPRESSION QU'ON NE S'EST PAS CROISÉS DEPUIS UN BAIL, SHIORI !
TU RENTRES TOUJOURS TARD...
TU FAIS PARTIE D'UN CLUB ?
TSUBASA...
JE...
AH !
TU SORS AVEC UN MEC, C'EST ÇA ?!
8:12
TOP 3 LES LIEUX DE RANCARD TENDANCE
ET VOUS ALLEZ VOUS POSER SUR LA PLACE EN FACE DE LA GARE ?
MOUAIS, NAN...
ÇA M'ÉTONNERAIT QUE TU AIES...
... UN PETIT COPAIN...
VLAM !
ARRÊTE DE TE MOQUER DE MOI !

JE TE SIGNALE...
... QUE JE FAIS DE MON MIEUX CHAQUE JOUR POUR RETROUVER LA MÉMOIRE !
CONTRAIREMENT À TOI, QUI TE LA COULES DOUCE !
HEIN ?
QU'EST-CE QUE TU INSINUES ?!
JE PARS À L'ÉCOLE !
EH !
COMMENT ÇA...

... JE ME LA COULE DOUCE ?!
OUAH, C'EST MONSIEUR POUBELLE !
IL FOUETTE !
IL POURRIT DE L'INTÉRIEUR !
IL PARAÎT QU'IL BOUFFE TOUS LES RESTES, UNE VRAIE POUBELLE DE TABLE !
CLANG
ガタ

JE COMPRENDS...
... QUE VOUS ADORIEZ LE FOOT !
MAIS DE LÀ À SHOOTER DANS LES POUBELLES, TOUT DE MÊME !
ÇA NE SE FAIT PAS, DE JOUER AVEC LES RESTES DE NOURRITURE !
JE VEUX ÊTRE SÛRE ET CERTAINE QUE VOUS LE COMPRENIEZ BIEN !
PAR CONSÉQUENT...

STOP AU GASPILLAGE !
NOUS POUVONS AGIR !
NOTRE PLANÈTE
Évitons le gaspillage Collecte de fonds
ÉCOLOGIE
pour la planète, évitons le gaspillage Collecte de fonds
ON VA DEVOIR FAIRE LE POTEAU COMME ÇA, DEVANT LA GARE, PENDANT UNE SEMAINE...
TROP RELOU !
MOI QUI CROYAIS QU'ON AVAIT UNE PROF SYMPA !
ET EN PLUS...
STOP AU GASPILL
J'AI MON ENTRAÎNEMENT DEMAIN, MOI...
JE SAIS !
NAKAJIMA
T'AS QU'À SÉCHER TA PUNITION, JE M'EN FICHE...
JE NE VAIS PAS SÉCHER.
JE TE REJOINDRAI APRÈS-DEMAIN...
JE PEUX TRÈS BIEN ME DÉBROUILLER TOUT SEUL !

PENDANT QUE TU JOUERAS COMME UN PIED SUR LE TERRAIN...
... MOI, JE FERAI UNE BONNE ACTION !
JE VOIS BIEN QUE LE FOOT PASSE AVANT LA PLANÈTE, POUR TOI !
C'EST RIEN, J'IRAI TOUT SEUL !
RETOURNE AU CLUB DE POUBELLO-FOOT !!
TIRE-TOI DE NOTRE CLUB !
MOI, AU MOINS, JE ME SENS UN MINIMUM CONCERNÉ PAR LE GASPILLAGE ALIMENTAIRE !
FINALEMENT, JE VAIS VENIR...
SÉRIEUX ?!
GÉNIAL !
BON, BEN, À DEMAIN !
COLLÈGE KAGIYAMA
HEIN ?

ON N'A PLUS...
... AUCUNE NOURRITURE...
C'EST FOU, AVEC LE STOCK DE BRIOCHES QU'ON AVAIT !
IL FAUT DIRE QU'ON N'A MANGÉ QUE ÇA TOUS LES JOURS.
ON N'A PLUS DE PLATS INSTANTANÉS NON PLUS...
IL Y A PEUT-ÊTRE DES TRUCS DANS LE FRIGO ?
DEPUIS LE TEMPS, CE SERAIT MOISI...
J'AI TROUVÉ DES PATATES !
ET MOI, DES CAROTTES ! LES LÉGUMES-RACINES, ÇA SE CONSERVE LONGTEMPS...
IL Y AVAIT ÇA DANS LE CONGÉLATEUR...
C'EST DU POULET ?
MOI, J'AI DÉNICHÉ ÇA DANS UN PLACARD...
CUBES DE CURRY
甘口
SI JE COMPRENDS BIEN...

Family cats
C'EST BIZARRE...
Y A COMBIEN DE COUCHES DE PEAU, À CE TRUC ?
TU EN ENLÈVES TROP, TSUBASA !
COMME ÇA, LES RONDELLES ?
BRAVO, MAMAN !
TU BOSSES COMME UNE FOLLE ET, EN PLUS, TU GÈRES EN CUISINE !
AH !
EUH... EH OUI !!

DÉSOLÉE, LA PRÉSENTATION N'EST PAS TERRIBLE !
IL FAUT DIRE QUE JE N'AI PAS ARRANGÉ LES CHOSES...
MAIS AU MOINS...
... C'EST DÉLICIEUX !
OH, C'EST VRAI !
UN VRAI RÉGAL !
KOF
C'EST DU CURRY DOUX...
C'EST...
... RELEVÉ !
TU NE SUPPORTES PAS LES PLATS ÉPICÉS, PAPA ?
C'EST CHOUETTE ! ÇA T'A PERMIS DE TE SOUVENIR D'UNE CHOSE !
OUI, MAIS BON...
HA
HA
HA
J'AI L'IMPRESSION...

... DE NE PAS AVOIR AUTANT RI DEPUIS UNE ÉTERNITÉ !
CLANG
DÉSOLÉE !
JE...
J'AI L'ESTOMAC PLEIN...
AH BON, DÉJÀ ?
OUI...
J'AI BIEN MANGÉ !
JE VAIS ALLER MARCHER UN PEU.
SOIS PRUDENTE !
EH...

JE PARIE QUE TU TE TRACASSES ENCORE !
TSUBASA...
ÇA VA ALLER, JE TE DIS !
J'AI VÉCU UNE SEMAINE UN PEU INTENSE MAIS, MALGRÉ TOUT...
... JE RESTE CONFIANT !
BIEN SÛR, ON AVAIT DÉJÀ CHACUN NOS PROPRES SOUCIS AVANT L'ACCIDENT !
MAIS CROIS-MOI...
... IL NOUS SUFFIT DE PRENDRE UN NOUVEAU DÉPART !
ON A LA CHANCE D'ÊTRE EN FAMILLE !
ET ÇA, C'EST...

ARRÊTE DE PARLER COMME SI TU AVAIS LA SCIENCE INFUSE !
JE...
... NE SUIS PAS COMME TOI !
ET N'OUBLIE PAS...
... QUE TU NE SAIS RIEN DE MOI !

SHIORI ?
onsommez avec jugeote !
Merci pour la Terre !
STOP AU GASPILLAGE
NOTRE PLANÈTE
Pour la planète.

BASEBALL GIRL
GAME
STOP AU GASPILLAGE !
SÉRIEUSEMENT... QU'EST-CE QUI LUI A PRIS, HIER SOIR ?
J'AI DIT UN TRUC QU'IL FALLAIT PAS ?
ARRÊTE DE CAUSER TOUT SEUL !
Évitons le gaspillage Collecte de fonds
MERCI POUR LA TERRE !
CONSOMMEZ AVEC JUGEOTE
COLLECTE DE FONDS CONTRE LE GASPILLAGE ALIMENTAIRE
JE TE PARLE DE MA SOEUR !
C'EST À TOI QUE JE CAUSE !
OH !
MERCI !
ACTIVE-TOI UN PEU !
ELLE N'A PAS TORT.
JE NE SAIS...
... ABSOLUMENT RIEN D'ELLE.
JE LUI PRÉSENTERAI MES EXCUSES EN RENTRANT...
AH !
NOUS COLLECTONS DES FONDS CONTRE LE GASPILLAGE ALIMENTAIRE.
Évitons le gaspillage Collecte de fonds

VOUS VOULEZ FAIRE UN DON ?
AH !
TU PEUX PRENDRE ÇA...
TU ES TELLEMENT GÉNÉREUX, SHÛTA !
COMMENT JE ME SUIS RÉINCARNÉE EN LYCÉENNE DES ANNÉES 90 POUR ASSISTER AU DÉVELOPPEME DE LA TECHNO GIE
FFET À VOLONTE
2.980円

AH !
MERCI BEAUCOUP !
CE N'EST QUE MON DEVOIR, EN TANT QUE CITOYEN D'UN PAYS AUSSI DÉVELOPPÉ !
C'EST REMARQUABLE !
ON Y VA...
... SHIORI ?
OUI...
HEIN ?
AH !
QUOIiii ?!

En train de regarder "La Marche de l'empereur", un de ses films préférés.

QU'EST-CE QU'IL Y A, SHIORI ?
R...
RIEN DU TOUT...
TU ES SÛRE ?
Chapitre 7
La filature de Tsubasa
TSUBASA...
QU'EST-CE QUE T'AS ?
TU LES CONNAIS ?
NAKA-JIMA...
ON Y VA !
HEIN ?

Pour la planète, évitons le gaspillage Collecte de fonds

DINNER 3.000
* SOBA.
** POULET AUTHENTIQUE.
*** PRÊTS ÉTUDIANTS.
PRÊTS ÉTUDIANTS
AVANCE !
EUH...
JE COMPRENDS RIEN À CE QUI SE PASSE, LÀ...
ELLE, C'EST MA PETITE SOEUR !
ELLE SE BALADE AVEC UN TYPE LOUCHE !!
JE SUIS OBLIGÉ DE LES SUIVRE !
EN QUOI ÇA ME CONCERNE ?
ET LA COLLECTE DE FONDS, ALORS ?
ON VA CONTINUER TOUT EN LA FILANT !
Évitons le gaspillage Collecte de fonds
STOP AU GASPILLAGE !

大人気 SNAKE CAT
500円
両替
Shooting
フロアインフォメー
JE RÊVE ?!
ELLE FAIT RIEN QUE S'AMUSER !
ET APRÈS, ELLE OSE DIRE QUE JE ME LA COULE DOUCE !
C'EST CLAIREMENT UN RANCARD !
MAIS ATTENDS...
MA SOEUR EST EN PREMIÈRE ANNÉE AU COLLÈGE ET CE MEC...
OUAIS...

C'EST CRIMINEL...
ALORS COMME ÇA, ELLE AIME LES MECS PLUS ÂGÉS... JE VAIS POUVOIR LA CHARRIER AVEC ÇA !
C'EST ÇA QUI T'INTÉRESSE ?
JE FAIS DE MON MIEUX CHAQUE JOUR POUR RETROUVER LA MÉMOIRE !
CONTRAI-REMENT À TOI, QUI TE LA COULES DOUCE !
ET ELLE VEUT ME FAIRE CROIRE QU'ELLE S'APPLIQUE...
C'EST PAS LE PROBLÈME...
JE VAIS DÉCOUVRIR CE QU'ELLE CACHE !
AH !
QU'EST-CE QUE TU VOUDRAS FAIRE, ENSUITE ?
PEU IMPORTE, TOUT ME VA !
BON...
VU L'HEURE...
... JE PROPOSE...

スッキリ!!
A
C
MENU DE SAISON
STEAK HACHÉ SAUCE TOMATE
COUPE GLACÉE À LA FRAISE

LEUR RELATION A L'AIR ÉTONNAMMENT SAINE...
ELLE A COMMANDÉ LE STEAK HACHÉ, HEIN ?
LA CHANCE...
Les robots prennent votre commande
Party set Avec du rab !
BOISSONS
– 2 +
COMMANDER
MOI AUSSI, J'EN VEUX UN...
NAKAJIMA...
VA ÉCOUTER DE QUOI ILS PARLENT !
ET PASSE PAR LE BAR À BOISSONS, TANT QUE TU Y SERAS !
HEIN ?
POURQUOI MOI ?!
VAS-Y TOI-MÊME !
DÉJÀ QUE J'AI ÉTÉ OBLIGÉ DE TE SUIVRE...
JE VAIS ME FAIRE GRILLER, SI J'Y VAIS !
ALLEZ, S'TE PLAÎT !
TU ES LE SEUL SUR QUI JE PUISSE COMPTER !

TU M'IMPRESSIONNES, SHÛTA !
ÊTRE CHEF À TON ÂGE !
JE L'AI VU SUR TWITTER, L'AUTRE JOUR...
HA HA !
OUI...
LE TYPE EST SALARIÉ...
JE CROIS.
IL A 28 ANS.
SÉRIEUX ?!
C'EST UN VIEUX !
MES CLIENTES SONT TOUTES DES DAMES ASSEZ ÂGÉES.
SI SEULEMENT JE POUVAIS EN AVOIR D'AUSSI MIGNONNES QUE TOI !
HAHA !
KYAAH !
TU ME FLATTES !
D'APRÈS CE QUE J'AI COMPRIS, IL DOIT ÊTRE COMMERCIAL.
GENRE DÉMARCHAGE À DOMICILE...
C'EST PLUTÔT RARE, DE NOS JOURS !
AVEC LES BONS MOTS-CLÉS SUR GOOGLE, ON DEVRAIT TROUVER LE NOM DE SA BOÎTE.
ÇA A L'AIR...
... DE T'AMUSER...

TES CHEVEUX SONT NATURELLEMENT LISSES, SHIORI ?
MOI, JE ME FAIS DES PERMANENTES.
TU ES TRÈS STYLÉ, SHÛTA !
TES CHEVEUX...
ELLE DIT QUE SES CHEVEUX ONT LA COULEUR D'UN MACCHIATO AU CARAMEL ET QUE C'EST TRÈS BEAU...
HAHA HA !
... ET QUE SES YEUX RESSEMBLENT À DES PISTACHES...
FINALEMENT, JE VAIS ALLER ÉCOUTER MOI-MÊME !
WAOUH !
C'EST LA PREMIÈRE FOIS QUE JE MANGE UNE GLACE AUSSI LUXUEUSE !
AUJOUR-D'HUI...
... TU PEUX COMMANDER TOUT CE QUE TU VEUX !
J'AIMERAIS BIEN...
... QUE TU ME FASSES GOÛTER LA GLACE !
HA HA !
SI TU INSISTES...

OUVRE GRAND...
AAAAH...
DRINK BAR

Merci pour la Terre
GINKO
PFFF...
UNE PIÈCE POUR ATTEINDRE NOS REVES
JE SUIS ÉPUISÉ...
ET MOI DONC !
EN TOUT CAS...
NOUS POUVONS AGIR !
NOTRE PLANÈTE
SHIORI A DES GOÛTS DOUTEUX EN MATIÈRE D'HOMMES !
À PARTIR D'AUJOURD'HUI, JE VAIS L'APPELER "LA CROQUEUSE DE VIOQUES" !
TSUBASA...
À CE PROPOS...
STOP AU GASPILLAGE !
Évitons le gaspillage Collecte de fonds

SHÛTA ANAMI...
... 28 ANS.
EMPLOYÉ À LA DREAM COMPANY...
... 4e DÉPARTEMENT DES VENTES, RESPONSABLE DE LA SECTION "FUTONS".
IL AIME REGARDER DES MATCHS DE FOOT...
... ET SES CHEVEUX...

... ONT LA COULEUR DU MACCHIATO AU CARAMEL.
ENFIN, IL PARAÎT...
COMMENT TU...
TU M'AS SUIVIE ?!
J'Y CROIS PAS ! T'ES UN MONSTRE !
HEIN ?
TU PEUX PARLER ! TU M'ENGUEULES PARCE QUE, SOI-DISANT, JE NE FOUS RIEN...
... ALORS QUE TU PASSES TON TEMPS À T'AMUSER !
C'ÉTAIT PAS...
T'EN AS FAIT QU'UNE BOUCHÉE, DE CETTE GLACE...
ELLE AVAIT L'AIR TROP BONNE, D'AILLEURS !
Interdiction d'entrer !! Shiori
ET PUIS C'EST QUOI, CETTE TENUE ? TU T'ES CHANGÉE ?
AH...
EUH...
SINON...

TU ES SÛRE QUE ÇA NE CRAINT RIEN ?
T'AS RENCONTRÉ CE TYPE SUR INTERNET, NON ?
TU N'AS PAS EU PEUR...
... DE LUI MONTRER TON VRAI VISAGE ET DE LE RENCONTRER EN PERSONNE ?
pour la planète, évitons le gaspillage Collecte de fonds
EST-CE QU'IL EST AU COURANT...
... POUR TON AMNÉSIE ?
JE SAIS...
... QUE...
... TU VEUX JUSTE T'AMUSER MAIS...
... ÇA RESTE DANGEREUX !
SI JAMAIS IL SE PASSE QUOI QUE CE SOIT...
... JE SUIS LÀ POUR...

OCCUPE-TOI DE TES AFFAIRES !
TU NE SAIS...
... RIEN DU TOUT, TSUBASA !
Interdiction d'entrer !! Shiori
NE VIENS PAS T'EN MÊLER !
HEIN ?
JE...
DÉGAGE, LAISSE-MOI !
POF
HEIN ?
VLAM
Interdiction d'entrer !! Shiori
AH !

À CE MOMENT-LÀ...
... J'AI COMPRIS QUE JE N'ÉTAIS SANS DOUTE PAS LE SEUL...
... À PORTER...
... UN LOURD SECRET.
TU N'ES...

... QU'UN IMBÉCILE !
La renaissance de la famille Ichinose Fin

Collecte de fonds

Glaces

AH !
J'AI ACHETÉ DES GLACES !
OOOH !!
おぉ〜!!
Fleurs glacées
CHOISISSEZ VOTRE GOÛT PRÉFÉRÉ !
MAIS... ON NE LES CONNAÎT PAS, NOS GOÛTS !
ILS SONT TOUS AMNÉSIQUES.
C'EST VRAI...
JE CROIS QUE J'ADORE LA FRAISE !
Citron...
Trop acide...
AH !
JE CROIS QUE J'ADORE LE MELON !
DIS TOUT DE SUITE QUE TU AIMES TOUT...

Ce manga est publié dans son sens
de lecture originale, de droite à gauche.

Ici, vous êtes donc à la fin.

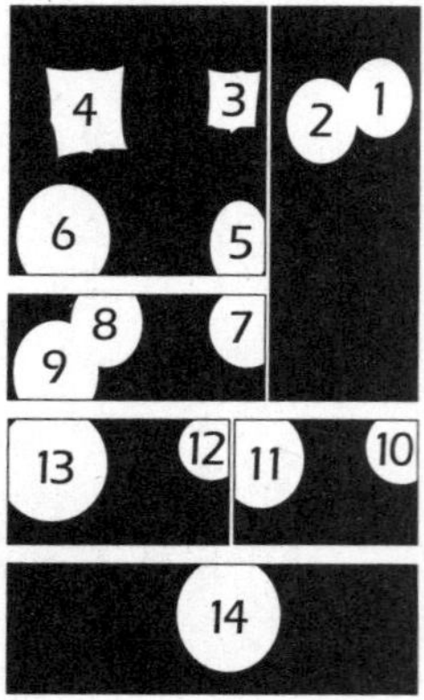

ICHINOSEKE NO TAIZAI Vol. 1

Achevé d'imprimer en avril 2024 • Dépôt légal : mai 2024
d/2024/0086/115 • ISBN 978-2-5051-2650-8
Loi n° 49-956 du 16 juillet 1949 sur les publications destinées à la jeunesse
Mai 2024

Traduit et adapté en français par Aline Kukor
Conception graphique : Joachim Roussel
Adaptation graphique : Éric Montésinos

Imprimé et relié en Italie par Grafica Veneta Spa,
Via Malcanton 2, 35010 Trebaseleghe (Pd)

PEFC
PEFC/18-31-226
Certifié PEFC
Ce produit est issu de forêts gérées durablement et de sources contrôlées
www.pefc.be